hauthochzeit

ursula hössl

hauthochzeit

lyrik für liebende

mit tuschezeichnungen
von endre fáy

herder

gedruckt mit unterstützung des
bundesministeriums für unterricht und kunst

Umschlaggestaltung: Susanne Redl
Satz: Peter Kautzner, Satz- und Druckservice, 1100 Wien
ISBN 3-210-25120-7

inhalt

dir
der die sonne
und mein lachen
in wachsamen händen hält
der aus meinen stillsten
träumen
den weiten weg
in unsere realität
gefunden hat

laß mich versuchen
dir ebenso sanft
ein winziges stück
ewigkeit
mit jedem meiner gedanken
in diesem buch
zu widmen

näherkommen

herbst

hinter schmutzigen
fenstern verborgen
ahne ich den sturm
und gehe zu sehen
wie sich die bäume biegen

rücken zum wind
um atmen zu können
deine arme von hinten
umschließen mich

nebel ziehen auf
in silberner behutsamkeit
vielleicht nur zum schein
wie soll ich es wissen

so schließe ich die augen
denn dieser herbst
war ein moment
in deinem gesicht

streifzug

zum erstenmal hab ich
deinen blick gefangen
auf den ich
seit hundert jahren
gewartet

wie tausendmal zuvor bist du
nicht schlafen gegangen
doch diesmal
bin ich mit dabei

ziehen wir durch die nacht
brauch ich dringend hilfe
um deine gedanken zu ordnen
in mir

du sagst
ich hab keine ahnung von dir
doch was weißt du schon
von meinen
wolken
wellen
implosionen
voll pfirsichduftender
zärtlichkeit

schnecken

dein gehäuse
von außen betrachtend
lebe ich
als schneck nummer zwei

gut daß ich weiß
wie man gehäusestreichelt
denn zu weihnachten
schenkst du mir vielleicht
einen schüchternen
fühlerblick

wagen

bergsteigen

ich hab mich
auf die reise gemacht
alles eingepackt
seile und haken
gegen absturzgefahr
um deine berge
erstmals
zu erklimmen

beim nächsten mal
kann ich den eispickel
zu hause
vergessen

im meer

koralle
ich bin dein korallenfisch
schmerzen dich deine
feinen arme und
zarten noppen
zum stillhalten
bist du entschlossen
verurteilt

schau ich dir zu
tut mir mein fischmagen weh
wie läßt du dich umschwimmen
wie läßt du mich lieben

versteinert
statisch
wartest du
was ich tue
nimmst es an
es gibt was zu sehen

korallenpech
daß ich unbequemer fisch
an meiner koralle hänge
nicht fortschwimme
bis sie mutig wird
und ihre feinen arme bewegt
leuchtend
von innen
in zartem orange

das meer wird sich erwärmen
die ozeanologen werden rätseln

und du wirst dich fragen
wie es jemals
hat anders sein können

korallenglück

heimat

fremdes land
ich betaste dich
wage mich vor
mit barfüßigen schritten

lese deine karten
mit den augen der seele
schlafe in den bäumen
begreife deine geschichte

deine wildbäche stürzen
über meine inneren felsen
unbestiegen
ungeschliffen

heimat ohne grenzen
jetzt bin ich zu hause
ich brauche deinen boden
für meinen kopf in den sternen

einsinken

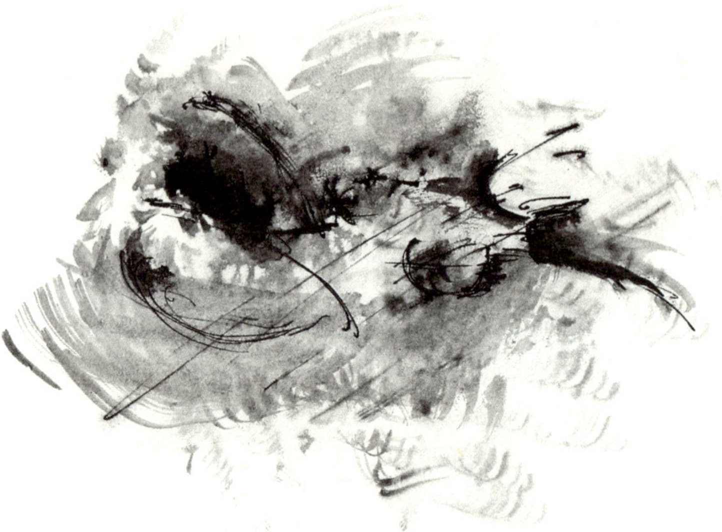

mittagspause

zusammen
mit graublauem rauch
inhaliert
mit duftendem mittagskaffee
getrunken
auf das dunkle brot
gestrichen
zwischen deine
versteckten zeilen
geschrieben
deine fastnichtantworten
endlich
verstehen lassen
ohne worte

hast du mich

auf der flucht

aus der tiefsten
niederung meiner berge
talfahrt der seele
die augen voll angst

aus meinem täglichen
alltagswahnsinn
stets auf der flucht
immer noch da

aus skurrilen
salzbergwerken
verirrter tränen
verlorener illusionen

aus den schmerzen
die mich ersticken
unendliche einsamkeit
mit dem rücken zur wand

suche ich sprachlos
mich zu verstecken
in deiner
wortlosen
geborgenheit

traumhöhle

tief im stadtpark
seitenweg asphaltiert
steht eine bank

drin wohnt der holzwurm
eiserne seitengriffe
grünlackiert und abgeblättert

was niemand weiß
drunter ist ein gitter
den schlüssel haben wir
im kopf

wir heben es hoch
jede nacht
um zehn

die treppe führt
in unseren bau
dort knistert der kamin
es wartet die katze
und die decke
riecht nach gestern und morgen

draußen bleibt die welt
die höhlenversäumende
solange sie nicht versteht
daß du und ich
zusammengehören

erkennen

hauthochzeit

unterschlupf
von haut umgeben
augen-blick
hat feuer gemacht

samtküsse überschwemmen
und lassen verzeihen
was einen stock tiefer
mit uns geschieht

hände aus seidenstahl
so lange versteckt
kein moment privat
auch keiner verboten

dunkles terrain erschlossen
schwarzer engel
den ich erwartet

gedankenhochzeit

sieh nur ich komme
um dich zu erfahren
erkenne
daß welten
zwischen uns sind

was uns gelingt
zu verbinden
hat völker entzweit

und weiß ich jetzt
daß du nicht
die blume bist
doch der asphalt
aus dem sie wächst

so wahnsinnig bin ich
darin zu versinken

der umzug

lachsfarbene sehnsucht
leidenschaft hinter milchglas
worte wie federn

machst auf dein hauthaus
dann wohn ich in dir

berühr mich als plüsch
tauch ein in siedendes öl
stürz in mich
wie ein wasserfall

du mutiger mann
überschlägst dich in mir
seiltänzer
schwebend
über watteweicher
unendlichkeit

nach dem krieg

im kalten wind
horche ich auf
sehe deine verletzungen
von schnee verdeckt
lege mich auf die gleise
zu staunen
woher du kommst

was dir erinnerung
ist für mich neu
brennt in mir
das land das dir wehtat
alles
das du nicht mehr hoffst
die liebe für hundert
vergangene und kommende jahre

fingernägel
in meine hand gebohrt
die kraft in
behutsamkeit zu wandeln
denn ich weiß
ich brauch sie
jahrelang
dorthin zu gelangen
wo deine wunden heilen

vermissen

eisbärengedicht

lebensliebe
wo ist mein liebesleben

mit dir verreist

auf eiswürfeln lieg ich
wie ein
polarfakir

schwarze kleider

mauern bekommen risse
silber wird grau
holz ist gesplittert
augen geschlossen
schlaf ist nicht dort
wo ich müde bin

himmel trägt trauer
wie ich

mein ferner mann
ich kann nicht mehr
atmen

daunendecken

daunendecken
weiche skizzen deiner landschaft
dann die morgenluft
mit ersten gedanken
eingeatmet als
inspiration

weißt du daß ich erwacht bin
zu sein

ein fels in deinem gedankenmeer
die offenheit in verschlossener welt
die farbe für deine schwarzweißphantasie
die türe zu der nur dein schlüssel paßt

leg die brille auf den tisch
auch mit dem fernrohr
kannst du mich nicht finden
schau tief in dich hinein
denn dort hab ich mich verloren

nicht verlieren

steinwüste

tod ohne wiedergeburt
mensch ohne sinne
liebe ohne lachen

vision ohne hoffnung
gespräch ohne verstehen
nacht ohne lichter

alptraum ohne morgen
worte ohne gedanken
fenster ohne draußen

alter ohne weisheit
fallen ohne netz

das wäre
ich ohne dich

niemalsland

unser abschied
wartet hinter der mauer
meiner kraft und
deines vertrauens

wird dort alt und grau
denn wir gehen
ins niemalsland
waren beide noch nicht dort
und wir erschließen die ewigkeit
auf steinigen
unbefestigten
straßen

gemeinsam wachsen

für die jahre

für dich hol ich
kastanien aus dem feuer

schenk dir mein
katzenfell
in lausiger kälte
geisthimmelblau
gegen depression

lege sterne auf dein
butterbrot

luftballons steigen
für deine freude
seifenblasen
als schillernde
illusion

erneuerung

erneuerung
aus einem blick
musik wird leise
für zeiten der stille
klingt nach innen
ganz deutlich dort

weil wir schon
geschichte haben
sehen wir
kein gedanke war verloren
kein wort ohne sinn
jede traurigkeit ein weg
einander an neuen plätzen
innerer welten zu finden